초련시선 1

별꽃

별꽃

초판 인쇄 2023.12.29

지은이 | 농여 최다니
디자인 | 박지숙
발행인 | 고은영
발행처 | 초련
블로그 | https://blog.naver.com/cho-ryeon
이메일 | cho-ryeon@naver.com

ⓒ초련시선, 별꽃, 2023
ISBN 979-11-985126-7-3 (03810)

별꽃

농여 최다니 시집

초련

들어가는 말   9

1부 – 서당의 아침은 그렇게 시작한다

송화 소나무꽃   12

사월 사월   14

영조 작은 새   16

문외와성 문밖에 개구리 울고   18

만음 생각나는 대로 짓다   20

우음 우연히 읊다   22

청후 비갠 뒤   24

구월 구월   26

단풍 단풍잎   28

사화촌 그림같은 마을   30

2부 – 홀로 마루에 앉아 시 짓는다

몽화 꽃송이   34

삼월 삼월   36

달야 슬픈 밤   38

심야 깊은 밤   40

청영 맑은 날   42

유월 유월   44

무사금일 심심한 하루   46

효성 새벽 글 읽기   48

망회어 가르침을 잊은 채   50

등여 공부의 단계   52

3부 - 마음 속 볕꽃이 피네

춘한 봄 추위   56

명경 도시의 아침   58

행서당 서당가는 날   60

화양 볕꽃   62

화우 꽃비   64

성묘 성묘 가던 길   66

아매 여동생   68

규목 느티나무   70

십일월 십일월   72

은색천 은빛 먼 하늘   74

4부 - 석양에 쓸쓸히 저녁 볕 담는다

능조 새가 날다   78

일장만 저물어가는 하루   80

옥천 맑은 샘   82

운월 구름을 넘다   84

팔월 팔월   86

사양 지는 볕에   88

십월 시월   90

호료 쓸쓸한 산   92

추상 가을 서리   94

자작목 자작나무   96

시평   99

나가는 말   111

들어가는 말

聾如

귀먹어리 '농', 같을 '여'
그대로 풀어쓴다면 귀먹어리이듯이…
농은 세상일에 대하여 귀를 닫으라 함이요.
여는 사소한 말에는 입을 다물라는 말이다.
농여를 연의한다면
귀막고 입은 닫되
눈과 손과 발은 열어
발로 걸어 여행하고
눈으로 본 것을 손으로 써서
책으로 남기길 바라는 마음에 호를 지었다.

- 서당 훈장

제 1 부

서당의 아침은 그렇게 시작한다

松花 송화

山松花粉散 산송화분산

黃屑下降宗 황설하강종

淸晩小時行 청만소시행

到處履華重 도처리화중

소나무꽃

산에 날리는 소나무꽃가루

송화가루가 마루까지 내려와

청소를 조금 늦게 했더니

딛는 곳마다 발자국 꽃이다

四月 사월

書堂山下陌 서당산하루
茫廣照春乾 망광조춘건
一角鷹蒼空 일각응창공
雄志浩舒然 웅지호서연

사월

산 아래 낡은 서당집
아득히 넓은 봄 하늘 비치고
매 한 마리 하늘을 날고
봄기운이 마음을 넓힌다

嬰鳥 영조

春風葉順揚 춘풍엽순양

軒下鳥雀停 헌하조작정

曲途誰來望 곡도수래망

雲高嶺越景 운고령월경

작은 새

봄 바람에 꽃잎따라 날리고

처마 밑 작은 새야

굽은 길로 누가 오려나

구름고개 넘는 햇살아

門外蛙聲 문외와성

曉岵如前杳 효호여전묘

風休自竹田 풍휴자죽전

蛙聲充滿畓 와성충만답

書堂始朝然 서당시조연

문밖에 개구리 울고

새벽산 여전하고

대밭에는 바람이 쉬고

논에는 개구리 소리 가득

서당의 아침은 그렇게 시작한다

漫吟 만음

破屋潰傾泥 파옥궤경니
風來藏宿房 풍래장숙방
似充家雨載 사충가우재
孤寂學童章 고적학동장

생각나는 대로 짓다

깨져 무너진 흙집

방에는 바람이 머물고

집은 비를 실은 것 같고

글소리만 소슬하다

偶吟 우음

夏日坐風軒 하일좌풍헌

湯艱忘處逝 탕간망처서

書案積埃塵 서안적애진

懶學擔催憩 라학담최게

우연히 읊다

여름날 마루에 앉아서
찌는 더위 갈 줄 모르고
책상에 쌓인 먼지들
게으른 공부 재촉한다

晴後 청후

心激蓋放書 심격개방서

曲洞村途步 곡동촌도보

秋孤茂菊花 추고무국화

雲晴去睍遇 운청거현우

비갠 뒤

마음 막혀 책을 덮어 놓고
굽어진 마을 길 걷는다
가을 저문 뒤 홀로 핀 국화꽃
비갠 뒤라서 햇살이 만나네

九月 구월

九月栽秋菔 구월재추복
雀冷啄坤蒼 작랭탁곤창
靑田染赤赤 청전염적적
唐椒摘畯忙 당초적준망

구월

구월 가을 무를 심고

참새는 가을 땅을 쪼고

푸르던 밭이 붉게 물들면

가을 걷는 농부 손 바쁘다

丹楓 단풍

商風吹九月 상풍취구월

遍散炊丹楓 편산취단풍

種木坐念書 종목좌염서

落松球篇中 락송구편중

단풍잎

가을바람 불어오는 구월에
곳곳에서 단풍잎이 흩날리고
툇마루에 앉아 책 읽으니
책 속에 솔방울이 떨어진다

似畵村 사화촌

里曲素江雲 리곡소강운

平田遜道開 평전경도개

府堂丘荏束 부당구임속

旦露凝懸回 단로응현회

그림같은 마을

굽은길 흰구름 가득차고
평말 들길은 열리고
언덕길 묶어둔 들깨
아침이슬 엉겨데롱

제 2 부

홀로 마루에 앉아 시 짓는다

薨花 몽화

擔書堂向路 담서당향로

櫻花雪片散 앵화설편산

鴨族閑逍風 압족한소풍

益重高吾步 익중고오보

꽃송이

서당으로 향하는 길
벚꽃잎 눈송이처럼 흩날리고
오리들 한가로이 떠다니는데
발걸음이 무겁다

三月 삼월

夕陽從畓步 석양종답보
春風豔野花 춘풍염야화
颯側耳遵聞 삽측이준문
聽逈過嘯笳 청형과소가

삼월

석양따라 논길 걸으니

봄바람 들꽃이 평온타

바람소리 따라가니

멀리서 휘파람 소리 애잔하다

怛夜 달야

日將降灰昏 일장강회혼

禽鳥各歸巢 금조각귀소

赤靑山時睡 적청산시수

吾孤暮影恔 오고모영노

슬픈 밤

하루가 어둠을 내리면
새들은 저마다 집으로 간다
청산도 잠자는 시간
홀로 저무는 그림자

深夜 심야

東窓近接月 동창근접월
照明房消俺 조명방소엄
良瞬仟讀書 량순오독서
靜肅耐醒厭 정숙내성염

깊은 밤

동쪽 창문에 달 가까워

불 꺼진 방으로 비치니

글 읽기 좋은 순간

깨기 싫은 고요함

晴影 청영

一鶴望觀山 일학망관산

上松孤有秀 상송고유수

過夜風留竹 과야풍류죽

特坐書詩句 특좌서시구

맑은 날

학 한 마리가 먼 산을 바라보고
산 위에 소나무 외로이 빼어나다
간밤에 불던 바람 대밭에 숨고
홀로 마루에 앉아 시 짓는다

六月 육월

坐升堂雲去 좌승당운거

雀竹田飛羽 작죽전비우

移景暮東西 이경모동서

翌日俟眠睹 익일사면도

유월

마루에 앉으니 구름이 간다
참새는 대밭을 날고
해는 동에서 서로 옮겨가고
내일 기다려져 잠을 청한다

無事今日 무사금일

去皆途虛屋 거개도허옥
黃昏覆蓋雲 황혼복개운
書案惰經常 서안타경상
屛息踏傾聞 병식답경문

·

심심한 하루

모두 길 떠난 빈 집

해도 구름에 가려지고

책상에 쓰다만 공책

숨죽여 발소리에 귀 기울인다

曉聲 효성

及曉近明前 급효근명전

飛落葉街頭 비낙엽가두

坐吾單書案 좌오단서안

學習昔人尤 학습석인우

새벽 글 읽기

밝아지기 전의 새벽
길가엔 낙엽만 날리고
홀로 책상에 앉아
옛 사람의 글을 읽는다

忘誨語 망회어

寅時竈突湯 인시조돌탕
音松風浴盪 음송풍욕탕
里水登綏綏 리수등수수
庭前仙竹仰 정전선죽앙

가르침을 잊은 채

새벽 네 시 물 끓이는 연기가 굴뚝에 솟고
목욕물 씻는 소리 솔바람을 스쳐간다
마을 냇가엔 안개가 빼곡히 올라오고
앞마당 대나무 숲엔 신선이라도 살려나

登予 등여

家來逆比例 가래역비례
媓頂示何時 황정시하시
瞋目俛學勞 진목면학로
帛料青名絲 백료청명사

공부의 단계

볼 때마다 작아지는 엄마
엄마의 정수리가 보일 때까지
두 눈 부릅뜨고 공부하여
비단포에 이름을 올리리라

제 3 부

마음 속 볕꽃이 피네

春寒 춘한

料峭凍風來 요초동풍래

積雪街姑徐 적설가고서

花開停洰屈 화개정호굴

早行姉姿居 조행자자거

봄 추위

봄 추위에 바람이 불어오고
쌓인 눈 길거리에 아직인데
꽃 피려다 추위에 움츠리지만
아침에 집 떠나는 누나의 뒷모습

明京 명경

旭遙山下坐 욱요산하좌
蕭瑟蔽風隅 소슬폐풍우
急速孰人皆 급속숙인개
開今日始吾 개금일시오

도시의 아침

뜨는 해 먼 산 내려앉고
소슬 바람 골목에서 인다
저마다 바삐가는 사람들은
옹송그려진 하루의 시작

行書堂 행서당

書往到汽車 서왕도기차
外窓爺搖手 외창야요수
吾心最認爹 오심최인다
我面相窓牖 아면상창유

서당가는 날

서당가는 기차 도착하면

창 밖에서 흔드는 손

내 마음 알아주는 아빠

유리창에 비치는 두 개의 얼굴

花陽 화양

娘顏作別至 낭안작별지

又見面容思 우견면용사

日歸來時喜 일귀래시희

腹裏花陽開 복리화양개

볕꽃

엄마 얼굴 떠나갈 무렵이면
다시 만날 얼굴 생각하며
그날이 왔을 때의 기쁨이
마음 속 볕꽃이 피네

花雨 화우

女兒姝命道 여아주명도

於焉媼嫗化 어언온구화

回巢平步足 회소평보족

肩秋花雨下 견추화우하

꽃비

예쁜 딸로 태어나서
어느새 늙어버린 할머니
집으로 돌아가는 발걸음
어깨 위로 가을 꽃비 내린다

省墓 성묘

皇考省墓途 황고성묘도

方將觀路回 방장관로회

車中沈默謐 차중침묵밀

搖亂眼次雷 요란안차뢰

성묘 가던 길

증조부 성묘 가는 길
가던길 돌아서고
차 안 가득 침묵만 흐르는데
눈치 없는 천둥 요란하다

娥妹 아매

終日囀鶯聲 종일전앵성

風遵去後揚 풍준거후양

家充冥下坐 가충명하좌

笑妹我心香 소매아심향

여동생

하루종일 지저귀는 저 꾀꼬리

바람따라 날아가 버리면

집안 가득 어둠만 내려앉지만

동생 웃음소리 내 마음에 울려 퍼진다

槻木 규목

常傍槻木位 상방규목위
颱風綠葉茂 태풍녹엽무
樹梢隹坐譟 수초추좌조
星花祖父秀 성화조부수

느티나무

언제나 내 옆에 서 있는 느티나무
태풍이 와도 푸른 잎 무성하고
나뭇가지 끝 새들이 앉아 떠들면
별꽃이 피는 할아버지

十一月 십일월

朝來始作葅 조래시작저

丈努力時勞 장노력시노

兒童笑不切 아동소부절

宮臨向菊逃 궁림향국도

십일월

아침부터 시작한 김장으로
어른들 힘들어 지쳐가지만
아이들은 웃음소리 끊이질 않고
집안 가득 국화꽃 내려앉네

銀色天 은색천

暮遠高樓居 모원고루거

萬未知憂多 만미지우다

路頭稀人望 노두희인망

浸秋夜水荷 침추야수하

은빛 먼 하늘

저물녘 멀리 고층 아파트
아지못하는 근심 가득찬
드문 뵈는 거리의 사람들
물연꽃 가을 밤을 적신다

제 4 부

석양에 쓸쓸히 저녁 볕 담는다

能鳥 능조

齧風柴扉束 설풍시비속
夕陽空江暮 석양공강모
春秋作過幾 춘추작과기
啼山靑鳥顧 제산청조고

새가 날다

깨물던 바람은 사립에 묶어놓니
지는 해에 텅빈 강 마을 저물어
봄가을이 몇 번이나 지났을까
울음산 홀로 돌아나는 푸른새야

日將晚 일장만

風暮里中江 풍모리중강

惟失鶴自愁 유실학자수

畢插秧農夫 필삽앙농부

佛負快輕婁 불부쾌경루

저물어가는 하루

바람이 저문 강으로 흐르면
짝 잃은 학은 홀로 외롭다
모내기 마친 농부의 발걸음
한 짐 놓은 듯 가볍다

玉泉 옥천

玉泉山澗水 옥천산간수

遐壤到曲回 하양도곡회

垂條積木葉 수조적목엽

人跡寡鳥來 인적과조래

맑은 샘

맑은 샘 산에서 흐르고

굽이 돌아 저만치 이르면

드리운 가지 쌓인 나뭇잎

인적 드물어 새들만 가득

雲越 운월

常夜房窓敲 상야방창고
連雨爾汝夫 연우이여부
山濫注水流 산람주수유
雲越逝雁孤 운월서안고

구름을 넘다

밤새 방 창문을 두드리더니
장마 너 였구나
산도 넘쳐 흐르는데
구름 넘어가는 외 기러기야

八月 팔월

坤坤熱熱朝 곤곤열열조

畓靑禾及長 답청화급장

晛照提菱草 현조제위초

野色萬花茫 야색만화망

팔월

푹푹 찌는 더운 아침
자라는 논의 벼
볕 끌려 풀들은 시들고
들엔 아득하게 핀 꽃

斜陽 사양

坡萬秋菊發 파만추국발

岑松昊岸微 잠송호안미

斜陽雲野景 사양운야경

淒晚夕霞暉 처만석하휘

지는 볕에

가을 국화 언덕길 가득하고
높은 소나무 하늘 끝 미미하다
지는 볕 구름에 드리운 들녘은
석양에 쓸쓸히 저녁 볕 담는다

十月 십월

房門推自手 방문추자수

早鳥庭徘顧 조조정배고

茶田近岾蜂 다전서호봉

齬回拾栗路 오회습률로

시월

방문을 손으로 밀어 여니
아침새는 들에서 머뭇대고
마당 차밭에 산벌이 날고
다람쥐 밤 주우러 산길 떠나네

岵寥 호료

晚秋山寒跡 만추산한적

相面逅枝星 상면후지성

歡聲啄木鳥 환성탁목조

遇片雲容醒 우편운용성

쓸쓸한 산

늦은 가을 산은 차고 인적은 끊겨
만나는 것은 앙상한 나뭇가지
딱따구리 쪼는 소리 반가운데
잠 깬 구름 짝 찾아 날아가네

秋霜 추상

秋葉上登霜 추엽상등상
琉璃赤透明 유리적투명
隹徒跣履去 추도선리거
側耳孤聞聲 측이고문성

가을 서리

나뭇잎에 얹혀진 서리가

알록달록하니 투명유리

새는 맨발로 밟고 지나는

홀로 귀 기울여 듣는 소리

資作木 자작목

川邊資作木 천변자작목

愚守里前持 우수이전지

堂陋突炊煙 당루돌취연

寒風經道離 한풍경도리

자작나무

냇가 건너 비탈에 선 자작나무
우직스럽게 마을 앞을 지키고 있고
서당집 허름한 굴뚝 밥 짓는 연기
찬 바람만 사잇길로 떠간다

시평

눈부시게 고운 시절을 사시는
어린 시인의 견필을 빌면서

우농 한시평론가

논어 위정편 2-2문장은 이렇다.

자왈子曰 공자님 말씀에
시삼백詩三百 시 삼백 편을
일언이一言以 한 말로써
폐지왈蔽之曰 개괄커늘
사무사思無邪 사邪가 없다.

쉽게 말해서 시詩를 공부하는 사람은 삿됨이 없다는 말이다.

산실 되기 쉬운 소품 같은 순간들을 콕콕 잡아내어 한 편의 시로 만들어 낸다는 것은 그간의 공부에 애씀을 볼 수 있는 대목이다.

似畵村 사화촌
그림같은 마을

里曲素江雲 리곡소강운
굽은길 흰구름 가득차고

平田逕道開 평전경도개
평말 들길은 열리고

府堂丘荏束 부당구임속
언덕길 묶어둔 들깨

旦露凝懸回 단로응현회
아침이슬 엉겨데롱

어린 시인이 겪은 사화촌은 바람꽃 꺾어 물고 구름언덕 베개 누워 아무것도 하지 않는 쉼을 가져도 좋을 것 같은 꿈같은 마을이다. 거기에는 굽을 길이 있고 마을 뒷길 산 오솔길을 모퉁이로 난 반쯤 기운 꼬작집을 지나 고갯길을 넘으면 100년을 훌쩍 지나고도 남을 것 같은 나는듯한 기와집 한 채 놔둔 채 좀 더 질러가면 맞은 바래기 지금은 울리지 않는 높은 종탑 옆으로 교회 십자가 있고 야트막한 평말이 내다뵈는 마을이 나온다. 거기서 산으로 제쳐 올라가면 어린 시인이 그간 공부했다는 글방이 볕 쪽으로 약간 기운 채 있다.

雲越 운월
구름을 넘다

常夜房窓敲 상야방창고
밤새 방 창문을 두드리더니

連雨爾汝夫 연우이여부
장마 너 였구나

山濫注水流 산람주수유
산도 넘쳐 흐르는데

雲越逝雁孤 운월서안고
구름 넘어가는 외 기러기야

'장맛비가 밤새 창문을 두드리더니'라고 해야 옳았으나 두행을
만들어
常夜房窓敲 상야방창고
밤새 방 창문을 두드리더니
連雨爾汝夫 연우이여부
장마 너 였구나
라며 한시 쓰기의 묘미를 한껏 부린 멋스러운 표현이다.

 도회지에서 산촌으로 와서 글방 공부하는 어린 시인에게 있어
서 한문으로 시 쓰기는 머리 식히기다. 경전공부하느라 하루 내
내 머리가 후끈 달아올랐을 때 한시를 짓는다는 것은 꽤 매력적
인 것이다. 왜냐면 쉴 수 있어서다. 일종의 숨 고르기 같은.

공부할 때는 오로지 경전을 읽고 쓰고 외우느라 정신이 팔려서 안 보이던 것이 한시를 지을 즈음이면 새롭게 보인다. 이것은 경전공부를 해본 사람만이 느낄 수 있는 행복감이다.

'구름을 넘는다' 제하의 시가 그것을 잘 보여준다 하겠다. 올 여름 장맛비는 비가 창이 되어 땅에 꽂히는 무척이나 센 비였다. 지붕엔 북소리 둥둥둥 울렸고 창문이 밤이 다 세도록 울어댔던. 어린 시인으로서는 그날 밤이 꽤 신산했으리라. 본래 가난한 집의 지붕엔 비가 더 세게 때리는 법이란다.

斜陽 사양
지는 볕에

坡萬秋菊發 파만추국발
가을 국화 언덕길 가득하고

岑松昊岸微 잠송호안미
높은 소나무 하늘 끝 미미하다

斜陽雲野景 사양운야경
지는 볕 구름에 드리운 들녘은

凄晚夕霞暉 처만석하휘
석양에 쓸쓸히 저녁 볕 담는다

'지는 볕에' 제하의 시는 한 장의 사진을 보는 듯 가을 풍경을 그대로 옮겨놨다. 평범한 운율과 흔한 시제들로 한시의 기본일 수 있는 압운과 평측만을 맞춘 아주 단순 담백한 시로 읽는 이로 하여금 군더더기가 느껴지지 않게 만든 시다. 마음의 안정을 찾는 데는 시 쓰기만 한 것이 없다. 또 마음의 번민을 없애는데도 시 쓰기만 한 것이 없다. 다만 선현의 말씀인 경전 공부가 깊어질수록 평범하고 우둔한 정도의 시에서 점점 고급스러운 시로 발전해 가는 것이다.

能鳥 능조
새가 날다

齧風柴扉束 설풍시비속
깨물던 바람은 사립에 묶어놓니

夕陽空江暮 석양공강모
지는 해에 텅빈 강 마을 저물어

春秋作過幾 춘추작과기
봄가을이 몇 번이나 지났을까

啼山靑鳥顧 제산청조고
울음산 홀로 돌아나는 푸른새야

 바람을 깨물어야 하는 심정은 어떤 느낌일까. 홀로 저문 강을
지켜보는 봄가을은 누구일까. 푸른 새는 홀로 울음산 돌아난다
했다. 울음산 홀로 돌아나는 푸른 새는 아마도 시인 자신이었으

리라. 어려서부터 한참 응석 부릴 처지에 그 흔한 응석받이 과정을 겪지 않은 채 벽촌 산골에서 뜻도 어려운 그것도 2500년 전에 이미 죽어 백골이 진토가 되고도 남은 사람의 기록을 낮밤을 가림없이 공자왈 맹자왈 하며 목이 터져라 외워대는 어린 시인의 심정이란 것은... 그래서 어린 시인은 스스로를 울음산 홀로 돌아나는 푸른 새라 했는지도 모른다. 시를 쓴다는 것은 시인의 삶을 그 속에 녹아내는 일이기도 하다.

日將晩 일장만
저물어가는 하루

風暮里中江 풍모리중강
바람이 저문 강으로 흐르면

惟失鶴自愁 유실학자수
짝 잃은 학은 홀로 외롭다

畢揷秧農夫 필삽앙농부
모내기 마친 농부의 발걸음

佛負快輕婁 불부쾌경루
한 짐 놓은 듯 가볍다

'저물어가는 하루' 제하의 시는 더 애잔타. 짝 잃은 학이 홀로 외로울 땐 바람이 저문 강을 흐를 때라고 어린 시인은 말하고 있다. 모내기를 마친 농부는 발걸음이 한 짐 놓은 것처럼 가볍지만 짝 잃은 학의 외로움을 통해 자신은 지독한 외로움을 타는 삶에 단독자임을 말하고 있는지도 모른다. 본래 외로움이라는 것은 외압이 주는 외로움보다는 자생적 외로움을 가질 필요는 있다. 때로 외로움은 생각의 원천이 되기도 하기 때문이다. 특히 시를 쓰는 사람은 늘 외로움에 사무쳐야 한다. 외로움이 깊으면 시가 맑아질 수 있어서다.

훌륭한 시는 영혼을 흔들어내는 시어가 번득이어야 한다.

岵寥 호료
쓸쓸한 산

晚秋山寒跡 만추산한적
늦은 가을 산은 차고 인적은 끊겨

相面逅枝星 상면후지성
만나는 것은 앙상한 나뭇가지

歡聲啄木鳥 환성탁목조
딱따구리 쪼는 소리 반가운데

遇片雲容醒 우편운용성
잠 깬 구름 짝 찾아 날아가네

 제목으로 쓴 호료는 쓸쓸한 산으로도 읽히지만, 빈산으로도 읽
히는 중의적 문구다. 어쩌면 이것은 어린 시인이 정제되지 못한
시간에 대한 슬픔이나 불안 같은 거 아닐까. 일종의 상실감일

수도 있는 '늦은 가을 산은 차고 인적은 끊겨'라는 말이 글방 뒷산을 말하는 건지 아니면 어린 시인이 사는 집 계양산을 말하는 건지는 알 수 없으나 '만나는 것은 앙상한 나뭇가지' 그가 만나고 싶은 것은 앙상한 나뭇가지가 아니라 따뜻한 가족의 품일 것이다. '딱따구리 쪼는 소리 반가운데' 가족이 모여서 이야기꽃 피우며 하루를 보내고 싶은 시인의 심정이 드러나는 부분이다. 그러나 그것도 잠깐 '잠 깬 구름 짝 찾아 날아가네' 다시 현실로 돌아와 글공부해야 하는 사람은 누구나 그리움과 슬픔과 걱정에서 벗어날 수 없다는 어린 시인의 시작詩作인 셈이다.

秋霜 추상
가을 서리

秋葉上登霜 추엽상등상
나뭇잎에 얹혀진 서리가

琉璃赤透明 유리적투명
알록달록하니 투명유리

佳徒跣履去 추도선리거
새는 맨발로 밟고 지나는

側耳孤聞聲 측이고문성
홀로 귀 기울여 듣는 소리

어린 시인의 그리움은 '가을 서리'에서 더욱 두드러진다.
떨어진 나뭇잎에 얹혀진 서리에서 속절없이 흘러내리는 먹먹
함이다. 나이 어린 탓에 생각만 있을 뿐 더 표현하지 못하는 안
타까움이 글 속에 묻어나기도 한다. 맨발로 밟고 지나는 새의
발자국에서 자연의 절경을 사진 찍듯이 콕 박아서 표현하는….

시는 늘 새로워야 한다.

시에는 익숙함이 있어서는 안 되고 어디서 본 듯한, 어디서 읽
었음 직한 것이 있어서도 곤란하다. 시는 늘 새로움이다. 바로
이점이 시 쓰기의 어려움이다. 시는 누구나 쓸 수는 있으나 누
구도 쓴 적이 없는 시를 써야 한다.

나오는 말

어린 시절 경전공부에서 한시 쓰기는 의당해야 할 일이다. 그러한 소이는 우리의 선조께서 그리 사셨기 때문이다. 선조께서 사셨던 조선은 공부의 나라다. 공부의 나라에서 사는 길은 오직 공부가 전부다. 하여 조선 사대부가 자녀들은 남녀가 앉는 자리를 구분할 줄 아는 나이인 7세만 되면 경전을 읽기 시작하는데 9세에 이르면 새벽에는 논어를 읽는 것으로 하루를 시작하며 밤에는 한시를 짓는 것으로 하루를 마무리한다. 그리고 1년 동안 지은 한시들을 모아서 책으로 엮는다.

청장관 이덕무는 사소절 동규편에서 이렇게 기록한다. 작책필서作冊必書 풀어쓰면 반드시 글을 모아 책을 만들어라 라는 말이다. 그러므로 어려서부터 한시를 쓰고 또 그것을 책으로 엮어 이웃과 지인들과 함께 읽기도 하고 소장하는 것은 누군가에게

자랑하려 함이 아니고 우쭐해하려 함은 더더욱 아니다. 그저 1년 동안 성현의 말씀에 따라서 게으르지 않게 살려고 애썼음을 증명하는 후학으로서의 '예'인 것이다.

 일찍이 농여 최군 다니는曾崔君者 지금도 어리지만亦今幼 더 어려서는尙前日 학문을 좋아하고 생각이 깊었다好學千尋 선한 일을 보면 문득 감동하는 바가 있으며見善輒有所感心 선하지 않은 바를 보면 두려워하는 바가 있으니不善輒有所懼心 이 또한 훌륭하다 하겠다亦以善哉

- 서당 훈장